Tadpole Books are published by Jump!, 5357 Penn Avenue South, Minneapolis, MN 55419, www.jumplibrary.com

Editor: Jenna Trnka **Designer:** Anna Peterson **Translator:** Annette Granat

Photo Credits: Roger Clark ARPS/Shutterstock, cover; Enrique Aguirre/Shutterstock, 1; Valeriy/Adobe Stock, 2br; Stefan Christmann/Getty, 2bl, 3; Westend61/SuperStock, 2ml, 4–5 (foreground); Sergey 402/Shutterstock, 4–5 (background); Gentoomultimedia/Dreamstime, 6–7; robert mcgillivray/Shutterstock, 2tl, 8–9; Johnny Johnson/Getty, 10–11; flammulated/iStock, 2tr, 12; Mint Images/SuperStock, 2mr, 12–13; Minden Pictures/SuperStock, 14–15 (top); BlueGreen Pictures/SuperStock, 14–15 (bottom); vladsilver/Shutterstock, 16.

Library of Congress Cataloging-in-Publication Data

Names: Nilsen, Genevieve, author.
Title: Las crías de los pingüinos / por Genevieve Nilsen.
Other titles: Penguin chicks. Spanish
Description: Minneapolis, MN: Jump!, Inc., [2020] | Series: Los bebés polares | Includes index. | Audience: Age 3–6.
Identifiers: LCCN 2019001165 (print) | LCCN 2019001849 (ebook) | ISBN 9781641289863 (ebook) | ISBN 9781641289856 (hardcover : alk. paper)
Subjects: LCSH: Penguins—Infancy—Juvenile literature.
Classification: LCC QL696.S473 (ebook) | LCC QL696.S473 N5518 2020 (print) | DDC 598.4713/92—dc23
LC record available at https://lccn.loc.gov/2019001165

LOS BEBÉS POLARES

LAS CRÍAS DE LOS PINGÜINOS

por Genevieve Nilsen

TABLA DE CONTENIDO

tadpole en español

PALABRAS A SABER

alimenta

amarillo

cría

gris

huevo

pez

LAS CRÍAS DE LOS PINGÜINOS

¿Qué hay en este huevo?

¡Una cría de pingüino!

Papá la mantiene caliente.

Mamá regresa a casa.

Encontrará a su familia.

Esta cría tiene hambre.

Mamá la alimenta.

Hace frío aquí.

Las crías se mantienen calientes.

Mamá y papá tienen algunas plumas de color amarillo.

Las crías son de color gris.

Crecen.

¡Buscan peces para comer!

¡REPASEMOS!

Mira la cría de pingüino. Mira a su mamá y a su papá. ¿En qué es diferente la cría de ellos? ¿En qué se parece?

ÍNDICE